책상 생활자의 요가

책 상

생각 많은 소설가의
생각 정리법

생활자의

최정화 지음

요 가

창비

작가가 아니라 운동선수나 체조 선수처럼 보인다는 이
야기를 많이 들었다. 그 시기에 나는 요가와 카포에라, 주
짓수를 동시에 배우고 있었다. 요가는 매일 오전, 월·수·
금 저녁에는 카포에라, 화요일 목요일 저녁엔 주짓수.

한의원에서 운동 강박이라는 진단을 받았다. 건강 상태
에 별 이상은 없지만 매일 운동해야 한다는 강박 관념이
있으니 피곤한 날에는 운동을 쉬라는 조언을 들었다.

몸에 병이 있는 것이 아니라는데도 나는 좀 심각해졌
다. 내게 운동 강박이 있다는 사실 때문은 아니었다. 칸
막이가 설치되어 있는 치료실에 누워 한의사 선생님께서
배에 뜸을 떠 주실 때 나는 진지하게 물었다. "저기, 선생

님. 있잖아요. 저 오늘 저녁에 운동하면 정말 안 되나요?"

한의사 선생님께서는 웃으셨다. 할 수 있으면 한번 해보라고 했다. 그게 그래서는 안 된다는 대답이라는 걸 알 수 있었다. 그 사실만이 중요했다. 내가 어떤 상태인지, 어떻게 하면 그 상태에서 벗어날 수 있는지는 귀에 들어오지 않았다. 그저 오늘은 운동을 할 수 없다는 사실이 슬프기만 했다.

그날 저녁 운동을 하고 싶다는 욕구를 꾹꾹 눌러 참으면서 내가 어쩌다 이런 상황에 놓이게 되었는지 되돌아보았다. 운동을 시작한 건 순전히 글을 쓰기 위해서였다. 학교에서 제일 많이 나를 곤란에 빠뜨린 과목은 늘 체육이었다. 한 번도 내가 체육을 좋아하게 되리라고 생각해본 적이 없었다. 심한 욕을 듣거나 매를 맞은 때도 체육 시간이었다. 국, 영, 수 시간은 순탄하게 흘러갔다. 근데 내가 왜 체육에……. 마치 사랑하게 될 줄 모르고 눈길 한 번 주지 않은 사람에게 마음을 빼앗겨 버린 사람처럼 어이없는 마음으로 나는 헛헛한 표정을 지으며 무심한 밤하늘을 올려다보았다. 오늘은 연습실에 갈 수 없구나. 연습실 간판을 그냥 지나치기 어려웠다. 운동을 그만두고 나서도 잊지 않겠다는 듯이 한번은 멈춰 서서 주짓수 크로스핏이라는 글자를 마음에 새기곤 했다.

운동을 시작한 건 글을 쓰기 위해서였는데 어느새 운동에 빠지지 않기 위해 서둘러 글을 쓰고 있었다. 하루에 쓸 분량을 다 채우면 글을 다 썼다는 뿌듯함보다 이제 운동하러 갈 수 있다는 마음에 신이 났다. 운동을 하기 위해 글을 쓰는 게 아니냐고 의심하는 동료도 있었다.

글을 쓰려면 체력이 필요하니까요,라고 대답했지만 솔직히 운동이 재밌었다. 보통 작가들이 몸 쓰는 것을 그다지 즐기지는 않는 것 같은데 어쩐 일인지 나는 운동이 좋았다. 그리고 보니 별자리 운세에 도통한 한 시인이 내게 음악이나 체육을 좋아할 거라고 했던 말이 떠오른다. 그때는 고개를 저었다. "아니요, 전 문학이랑 미술 쪽을 좋아해요."라고 답했는데 지금 나는 음악과 체육이 좋다…. 돈이 많았다면 분명 매일 뮤지컬을 보았을 것이다.

여차저차 사연들을 거쳐 내가 최종적으로 선택한 수련은 요가였는데, 또 여차저차 시간들을 지나 지도자 과정까지 밝게 되었다. 요가를 한다고 하면 가수 이효리가 방송에서 종종 보여 주는, 팔꿈치로 몸을 지탱한 채 발끝을 머리에 대고 버티는 동작처럼 몸을 유연하게 비틀고 유지하는 동작들을 떠올릴 것이다.

나도 그런 동작들을 2년 동안 수련했고 그게 요가라고 배웠다. 그런데 어느 날 요가에는 심신을 수련하기 위한 여덟 가지 단계가 있는데 내가 배운 동작들은 그중 한 단계에 해당할 뿐이고, 그 마지막 단계는 명상이라는 말을 들었다. 내게는 그 사실이 「유니버스」, 「디 아더스」 같은 반전 영화들의 결말보다 놀라웠다. 그동안 배운 요가 동작들이 과정에 불과하고, 그렇게 몸을 단련하는 목적은 '명상'이라고?

명상은 고난도의 요가 동작보다 어려워 보이지 않았다. 책상다리를 하고 앉아 그저 숨을 쉬고 있는 것처럼 보였으니까. 이걸 하기 위해서 그 자세들을 배웠다니 뭔가 앞뒤가 맞지 않는 것처럼 보이기도 했다.

좀 묘한 기분이 들었다. 글을 쓰기 위해서 요가를 했는데 요가를 하는 이유가 명상하기 위해서라니. 명상하게

되면 또 딴 얘기를 듣게 되는 건 아니겠지? (이 불길한 예
감은 적중했다.)

그렇게 명상을 시작하게 되었다. 나는 명상을 시작한
지 이제 일 년이 겨우 지난 초보 명상가다. 명상에 집중하
는 상태가 되면 몸과 마음이 고요해지는데 집중이 길어
지고 점점 더 깊어지는 것을 삼매라고 한다. 삼매에 도달
하려면 세 시간은 앉아 있어야 한다는데 나는 한 시간 이
상 명상을 해 본 적은 없다.

요가를 수련하기 전에 추천을 받아 명상책을 읽은 적
이 있었는데, 실제로 명상을 해 보지는 못했다. 거기에는
명상법이 꽤 친절하게 쓰여 있었지만 그걸 내가 할 수 있
으리라는 생각을 하지 못했다. 거기에는 내가 모르는 단
어가 너무 많았다. 내가 보지 못한 재료들로 만들어진 요
리 같아 그 주변을 얼씬거리기가 어려웠다.

나는 되도록 친근하고, 최대한 단순한 명상책을 쓰고
싶었다. 만화를 읽을 때처럼 편안하고, 소설을 읽을 때처
럼 공감할 수 있도록 내가 경험한 명상에 대해서 말해 보
고 싶다. 나처럼 책상 앞에 앉아 일을 하는 사람들, 머릿

속이 생각으로 가득 차 몸을 움직이는 법을 잊은 사람들이 이 책을 읽어 주기를 바란다.

잠시 눈을 감는 것으로 화를 잠재울 수 있고 고개를 젖히는 것만으로 거북목을 예방할 수 있다. 손가락을 펼치고, 허리를 비트는 간단한 동작들을 반복한다면 책상 앞에 앉아 있는 일이 훨씬 수월해질 것이다. 숨을 한 번 길게 내쉬는 것만으로도 잡념에서 벗어날 수 있다. 그게 명상이 아니라고 해도 좋다. 머리는 무겁고 목은 휘고 등이 굽은 전국의 책상 생활자들과 가벼운 수다를 떤다는 마음으로 이 책을 썼다.

1

생각을 멈추라고?

자꾸 떠오르는 걸 어떡해

♣

　나는 소설가다. 소설 쓰는 일을 직업으로 삼고 있다. 사람들에게 자주 받는 질문을 뽑아 보자면 이렇다. 1. 습작 시절에 영향을 받은 작가는? 2. 왜 소설을 쓰게 되었나? 3. 소설을 쓸 때 습관이나 징크스 같은 것이 있다면? 4. 주로 언제 쓰나? 쓰는 장소는? 이 못지않게 자주 듣는 질문은 '영감이 떠오르지 않을 때는 어떻게 하는가?'이다. 난 거침없이 이렇게 대답한다.

　"영감이 떠오르지 않을 때는 없습니다. 그런 일은 없어요. 손가락이 아플 때는 있죠. 그래서 더 못 쓰겠다는 생각이 들 때는 있지만 생각이 나지 않는 경우는 없습니다. 별로 대단치 않은 문장이나 장면이 생각날 때는 있지만 생각이 나지 않는 경우란 결단코 없습니다."

　어릴 때부터 머릿속이 복잡했다. 이를테면 가위바위보 놀이를 할 때조차도 (가위바위보는 별생각 없이 셋 중에 아무거나 즉흥적으로 내미는 것이 원칙인데도) 별생각이 굴러갔다. 일단 가위를 내기로 정하고 나면 내가 무엇을 낼지 친구가 짐작하고 주먹을 낼 거라는 생각이 들었고 그러면 나는 보를 내야겠다고 생각했다. 그러면 친구가 가위로 바꿀 거라는 생각이 들었다. 그래서 바위를 내야 한다고 생각했다. 그러면 친구는 보를 낼 테니 나는 가위를, 상대가 주먹을, 그러면 나는 보를……

  그런 식이었다. 나는 셋 중에 뭘 내면 좋을지 (아무거나 내면 된다는데도!) 도통 결정할 수 없었다. 생각이 멈추지 않는 것. 어쩌면 이 일이 성인이 되기까지 계속되어 영감이 떠오르지 않는 일이란 도통 없는 소설가가 되어 버렸는지도 모른다. 그다음 장면을 생각하는 데는 선수니까.
  오히려 문제는 소설을 쓰는 동안 발휘했던 이 연상 능력이 일상에서 멈추지 않는 데 있었다. 소설 쓰는 데는 도움이 되었다. 그러나 일상생활을 하는 것이 어려웠다. 아침에 눈을 뜨자마자 어제 썼던 장면의 그다음이 떠올랐다. 잠을 자는 동안에도 연상이 계속되었던 모양이다. 생각에 짓눌려 거리를 걷다가 더 이상 발걸음을 내딛지 못했던 경우까지 있었다.

나는 이 일이 나에게만 일어나는 일은 아니라는 것을 알게 되었다. 티브이에서 한 수학자가 자신이 자는 동안에도 수학 문제를 푼다고 말하는 모습을 본 것이다.

"자기 전까지 풀고 있던 문제를 잠을 자는 동안에 이어서 푸는 거죠. 난 늘 수학 문제를 풀고 있어요."

그는 자기가 자면서도 수학 문제 푸는 걸 꽤 즐거워하는 것 같았지만 나는 자는 시간 동안에는 그냥 자고 싶었다.

물론 생각 때문에 이득을 본 일도 많다. 생각을 하고 있으면 춥지 않았고, 또 외롭지도 않았다. 생각은 늘 나와 함께였으니까.

요가를 할 때도 마찬가지였다. 생각은 나를 떠나지 않았다. 우리는 샴쌍둥이처럼 붙어 있었다. 나는 운동 신경이 좋은 편인지 동작들을 정확하게 따라 하는 데 소질이 있었다. 밖에서 보면 좋은 자세를 유지하고 있었지만 정작 요가의 핵심인 내면의 고요가 없었다. 한 다리를 들어 올리고 머리 위로 손을 뻗어도, 허리를 비틀고 고개를 뒤로 한껏 젖혀도 생각은 멈추지 않았다.

그건 별로 괴롭지 않았다. 원래 그랬으니까.

나를 놀라게 한 건 욕이었다.

나와 친한 친구들은 알겠지만 나는 거친 말을 쓰지 않고, 더군다나 욕을 해 본 적이 없다. 서른 살쯤 딱 한 번, 전화 통화 중에 너무 화가 난 나머지 친구에게 "바보!"라고 외쳤는데, 너무 당혹스러워서 그 친구를 만나고 싶지 않을 정도였다. 그런데 요가를 할 때면 욕이 나왔다. 그게 어찌 된 일인지 도통 알 수 없었다. 선생님이 요가 동작을 위한 멘트를 하면 그에 대항하는 욕설이 흘러나왔다. 마치 심술쟁이 꼬마가 어른의 화를 돋우기 위해 일부러 그러듯이 나쁜 말들을 술술 내뱉었다.

나는 그 일로 마음고생을 꽤 했다. 심지어는 요가를 그만두고 싶을 정도였다. 요가를 하는 동안 흘러나온 욕이라는 것이 일반 사람들이 들으면 너 지금 장난치냐고 비웃을 정도의 초보 수준에 불과했지만, 그런 말을 생전 입에 담아 보지도 않은 나에게는 충격적인 경험이 아닐 수

없었다. 요가는 이완이라는데, 마음속에서 욕이 흘러나올 때마다 (아무도 듣지 못하는데도) 몸이 굳어 가기 시작했다.

그즈음 이런 이야기를 들었다. 어떤 점잖은 부인이 수면 내시경을 하게 되었는데 검진을 하는 동안 계속 욕을 쏟아 냈다는 것이다. 마취 주사를 맞은 뒤의 수면 상태가, 내게는 요가를 할 때와 같다는 것을 어렴풋하게 짐작했다. 긴장이 풀리자 무의식 속에 있던 욕들이 활개를 친 모양이었다.

당시의 나는 '욕을 하는 나'를 인정할 수 없어서 꽤 고통스러웠다. 선생님은 "생각은 그냥 일어나는 거니까, 무관심하게 반응하지 않는 게 좋아요."라고 조언해 주셨다. 그 말은 꽤 도움이 되었다. 하나의 생각이 일어났을 때 연관된 다른 생각을 계속 이어 가거나 그 생각에 대한 감정에 파묻혀 버리곤 했는데 아무 반응을 하지 않으면 그 상태에서 바로 벗어날 수 있었다. '그 생각을 하는 나'가 아닌 그것을 '지켜보는 나'가 요가에서 말하는 '진아'라고 했다.

그렇게 요가의 가장 오래된 경전인 『요가 수트라』의 첫 장을 배우게 되었다.

atha yoga-anusāsanam.

이제부터 요가의 가르침이 시작된다.

yogaś cittta-vṛtti-nirodhaḥ.

요가란 마음의 작용을 없애는 것이다.

tadā draṣṭuḥ svarūpe 'vasthānam.

그때에 순수한 관조자인 진아는 자기 본래의 상태에 머무르게 된다.

'나는 누구인가?'라는 것은 첫 책인 『지극히 내성적인』에 이어 가장 최근작인 『메모리 익스체인지』에 이르기까지 소설을 쓰는 동안 줄곧 내게 물어 온 것이었다. 그렇게 나는 내 인생 내내 찾아 오던 질문에 대한 답변을 만나게 되었다.

'바라보는 나'가 진짜 '나'다.

욕을 하는 나도, 나쁜 생각을 하는 나도, 생각을 하는

나도 나라고 동일시하지 말고 그냥 그대로 두고 본다. 그러면 새로운 나를, 바라보는 나를 만날 수 있다. 그저 바라본다는 것이 쉬워 보일 수 있지만 쉽지 않다.

흐트러짐 없이 몇 분씩 물구나무서는 사람들도, 영화 「올드 보이」에서 유지태가 보여 줬던 메뚜기 자세를 하는 엄청난 집중력과 체력을 갖고 있는 사람들도 명상을 하는 것을 어려워한다. 그것은 언뜻 이상하게 느껴지는데 사실 명상 자세는 물구나무서기나 메뚜기 자세에 비하면 아주 간단하고 쉬워 보이기 때문이다. 그냥 앉아만 있으면 되는데 보는 것처럼 그게 쉽지 않다.

이제껏 그렇게 하지 않았기 때문에. 우리들은 가만히 있는 것을 어려워한다. 편안해지는 것을 기피한다. 고요해지는 것을 지루해한다. 무엇도 하지 않는 것을 하지 못한다.

명상이 다른 행위들과 달리 성취감이나 즐거움을 주지 않는 것은 분명하다. 노력을 들이고 그 결과를 얻는 다른 행위들과 다르기에 어떤 사람들—뭔가를 열심히 하는 사람, 열정을 불태워 노력하는 이들—은 명상을 오히려 더 어려워할 수 있다.

이유는 간단하다. 이제까지 그렇게 살아오지 않았기 때문이다.

이 세계는 아주 시끄럽고 불편하고 자극적인 곳이다. 우리는 이곳에서 태어나 이곳에서 자랐다. 이 세계에 적응했기에 살아남았다. 그러므로 우리가 처음에 바로 명상을 할 수 없는 것은 자연스러운 일이다.

명상을 시작하는 방법은 다음과 같다.

1. 일단 명상을 하기 위해 앉는다.
2. 호흡이 들고 나는 것에 집중하라는데 잘 안된다. 딴 생각만 난다. 재미도 없고 의미도 없고 나랑 별로 안 맞는 거 같은데,라고 생각하면서 일어난다.
3. 다음 날 명상을 하기 위해 다시 앉는다.

3단계이지만 2번은 1번에서 자동으로 이어지는 결과이고 3번은 1번의 반복이기에 1번만 실행하면 된다. 즉,

우리는 그냥 앉아 있기만 하면 된다.

　당신은 이미 하나의 깨달음을 얻었는데 그건 바로 우리가 명상 대신 잡생각을 하고 있다는 것, 머리가 비어 있어야 하는데 생각으로 가득 차 있다는 것이다.

2

명상의 준비물

일단 바닥에 앉는다

♣

  책상 생활자인 나의 주변 사람들도 대부분 책상 생활자들이다. 책상 생활자들은 대부분 머리를 많이 쓴다. 책상 생활자들이 명상을 할 때 가장 먼저 부딪히는 장애물은 앞에서 말했듯이 분명히 생각이다. 처음에는 명상이 갑갑하고 지루하기 짝이 없는 시간 낭비로 느껴질 것이다. 그러나 우리들에게는 오래 앉아 있었기 때문에 얻을 수 있었던 강한 인내심이라는 것이 있지 않은가. 목이 휘고 허리가 구부러질지언정 앉아 있는 것은 어떻게든 할 수 있을 것이다. 다만 '바라보는' 것이 불가능할 것이다.

  자각이라고 말하는 과정이 가능하려면 일단 멈춰야 한다. 움직이는 것을 멈추고 생각하는 것을 멈추어야 하는데 내 경우에는 생각을 멈춘다는 게 너무 어려웠다. 소설가의 머리는 연상 작용이 끊임없이 작동하고 있기에 이것을 끊는 것이 쉽지 않았다. 하지만 어둠이 깊을수록 새벽이 가까워 오고 있다고 하지 않는가. 비우지 않고는 더

생각의 알

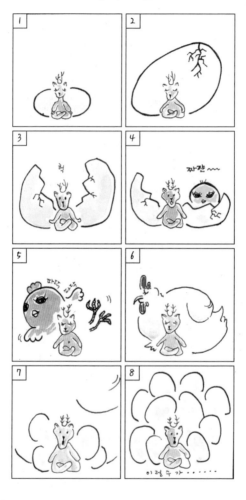

견딜 수 없는 때가 오고 마는 것이다. 생각이 많고 마음이 복잡한 것은 책상 생활자들이 명상에 가까이 갈 수 있는 더 좋은 조건일 수도 있다. 이를테면 명상의 준비물 같은 거라고 할까?

명상을 하면 마음이 편안해진다는 것을 알고 난 이후로는 제법 든든하다. 전에는 감정적으로 치솟았을 때 마음을 다스리는 법을 몰라 불안했는데 이제 감정이 흐트러졌을 때 명상을 하거나, 명상을 하면 괜찮아질 거야,라고 생각하면 편해진다.

마음이 괴롭거나 생각을 멈추고 싶으면 잠깐 앉아 있을 수 있는 장소나 벽, 사람들이 지나다니지 않는 구석을 찾는다. 물론 가장 좋은 곳은 명상에 이상적인 공간이다. 명상하는 장소를 내가 편안한 곳으로 일정하게 정해 놓는 것이 좋고, 되도록 통풍이 잘되는 쾌적한 환경을 택한다. 동쪽이나 북쪽을 향하면 긍정적인 영향을 받을 수 있다고 한다.

어딘가에 기대지 않고 척추를 바로 세울 수 있다면 그

명상에 필요한 준비물!

거친 호흡

들뜬 마음

어질 어질

어지럽게
이어지는 생각들과

긴장된 어깨

산인 줄 알았네!

내면에 도사리고 있는 부정적 감정들

렇게 한다. 나의 경우 마음이 요동쳐 명상이 급하게 필요할 때는 척추를 바로 세우는 것이 힘들었다. 그럴 때는 기댈 수 있는 벽이 큰 도움이 되었다. 내가 가진 건 복잡하고 어지러운 머리와 마음. 이 두 가지만 준비되어 있다면 명상을 하기 위한 필요충분조건이 완성된 것과 마찬가지다.

일단 바닥에 앉아 보자. 나는 앉아서 일을 하니까 당연히 모두가 앉을 수 있다고 생각했는데 앉지 못하는 사람들도 꽤 있다. 그런 면에서 책상 생활자들은 명상에 한 단계 가까이 가 있다고 생각해도 좋다. 다만 명상가들의 자세와 우리 책상 생활자들의 자세에 다른 점이 하나 있는데, 명상가들의 자세가 바르게 세워진 반면 책상 생활자들의 자세는 비뚤어져 있다는 것이다. 나는 책상 생활자들이 심적으로나 육적으로 아픈 이유가 어쩌면 그 차이일지도 모른다고 생각한다. 대부분의 책상 생활자들이 척추가 휘어 있는 상태에서 일에 집중하고 있기 때문에 고요함과 평온에 도달하지 못하는 것일지도 모른다.

우리 책상 생활자들은 척추를 비뚤어뜨린 채 앉아 있는 일종의 묘기를 하고 있다. 몸을 의식하지 못하고 모니

터에 집중하고 있기 때문에 내 몸이 휘고 굽는 것을 인식하지 못한다.

요가를 하면 '척추를 세우고'라는 지시어를 많이 듣는다. 그 말을 듣고 세워 보려고 하지만 이 척추 세우는 일이 쉽지 않다.

나는 목이 오른쪽으로 휘어 있었다. 목이 휘어 있는데도 아프다는 느낌은 없었다. 오히려 제대로 세웠을 때 불편했다. 혀와 이에 더께가 두껍게 붙어서 음식의 맛을 감별하지 못하는 지경에 이른 것과 비슷한 상황이었다.

또 대부분의 책상 생활자들처럼 나도 목이 앞으로 나오고 어깨는 굽었다. 『흰 도시 이야기』 프로필 사진을 보면 그렇다는 것이 여실히 증명된다.

명상을 하기 전에 몸을 풀어 줄 필요가 있다. 척추를 움직여 주는 바즈라 아사나의 대표 격 아사나는 고양이 자세라고 부르는 마르자리 아사나다. 어떤 자세들은 수업에 따라 빠지거나 첨가되는 경우가 많은데 고양이 자세는 대부분의 시퀀스에서 빠지지 않고 반복되는 주요 자세이다. 어떤 자세는 너무 어려워서 시도조차 할 수 없지만 이 자

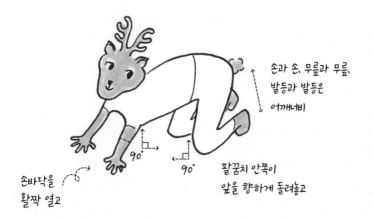

손과 손, 무릎과 무릎,
발등과 발등은
어깨너비

90°

90°

팔꿈치 안쪽이
앞을 향하게 돌려놓고

손바닥을
활짝 열고

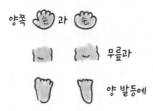

양쪽 🐾 과 🐾

무릎과

양 발등에

체중을 골고루 나누어 실어 보자!
힘이 더 들어가거나 기울어져 있는 부분이
어딘가 있을 거야. 거길 찾아봐~ ^^

세는 누구나 따라 할 수 있다. 기어 다니는 아기처럼 손과 무릎으로 체중을 받치면 되니 일단 어렵지 않아 보인다.

나는 처음에 이 자세를 좋아하지 않았다. 일단 엉덩이를 위로 올리는 것 자체가 심적으로 부담스러웠다. 다른 자세들과 달리 아름다워 보이지도 않았고, 동작을 하면서 자극을 느끼며 몸이 풀리는 느낌도 없었다. 딱히 효과를 느끼지 못했다. 그때는 척추에 의식을 두기보다 팔과 다리에 의식이 더 많이 가 있었다. 그런데 요즘에는 아침에 일어나자마자 이 동작을 한다. 척추에 움직임을 크게 준다는 점을 유념해서 척추를 내렸다가 올려 보자. 등 근육을 골고루 움직여 준다는 느낌으로 당겼다가 놓아주면 된다. 잠을 잘못 잔 날이나 몸이 찌뿌둥한 날에 몸을 풀어 줄 것이다.

또 늘 머리가 상기되어 있는 책상 생활자들에게 필요한 자세는 물구나무서기인데, 머리 쪽으로 몰려 있는 기운을 순환시켜 준다고 한다. 하지만 이 자세는 일반인들이 도전하기 어려우니 여기에서는 물구나무서기의 효과를 누릴 수 있는 더 간단한 자세를 소개하겠다. 아도무카

손으로 바닥을 밀면서
상체는 아래로 꼬리뼈는 위로!

두 발도
어깨너비

손과 손은
어깨너비

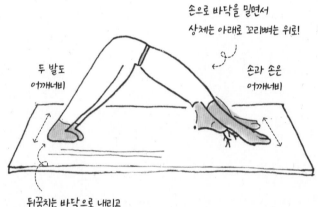

뒤꿈치는 바닥으로 내리고
척추를 길게 늘려 준다.

※ 이때도 어느 한쪽으로 치우치지 않도록
체중을 양손과 양발에 나누어 싣고
좌우 균형을 맞추자~ ♪

스바나아사나(아래를 향한 개 자세)라는 동작이다. 동거묘인 먼지가 자주 하는 자세이기도 하다. 동거묘는 이 자세와 흔히 플랭크라고 부르는 차투랑가 단다 아사나를 세트로 하더라.

우리가 뭔가를 할 때 어렵고 힘들다면, 그게 진짜 내게 필요하다는 방증이기도 하다. 좀 이상하게 들릴지 모르지만 나의 경우에는 마음이 원하는 반대로 행동하는 것이 대개는 삶의 균형을 잡는 데 도움이 되었다.

요가 동작을 할 때도 그렇다. 아무래도 자기가 잘되는 동작들을 수련하는 건 기분이 좋다. 잘되니까. 나의 경우에는 우르드바 다누라 아사나가 힘을 들이지 않아도 쉽게 되는 동작이었다. 연습을 필요로 하는 고급 아사나인데 팔과 다리에 힘이 꽤 있었고 몸통 쪽은 유연한 편이었기 때문에 별다른 노력이 들지 않았던 것이다. 반대로 나바 아사나처럼 배에 힘을 쓰거나, 다리를 들어 올리는 동작 같은 것은 거의 되지 않았다. 배에는 힘이 전혀 없고 다리가 무거웠기 때문이다.

우르드바 다누라 아사나를 하고 나면 기분이 좋아졌지만 나바 아사나를 하고 나면 기분이 나빴다. 이런 내게 필요한 건 나바 아사나다. 계속해서 팔과 다리만 튼튼해지고 몸통 쪽이 허약해지면 신체가 불균형해질 것은 뻔하다.

솔직히 말하자면 나는 처음에는 요가를 좋아하지 않았다. 동굴에 들어가서 쑥과 마늘만 먹는 것처럼 갑갑한 심정이 들었다. 전에 했던 다른 운동들처럼 재미를 느낄 수도 없었다.

일단 명상 음악부터 마음에 들지 않았다. 나는 음악을 꽤 좋아했는데 재즈를 좋아했고 제일 싫어하는 유는 뉴에이지였다. 어둡고 우울한 영화가 좋았고 휴먼, 로맨스, 코미디 장르의 영화는 일절 보지 않았다. 디스토피아를 그린 책들에 공감했고 긍정에 관한 책은 우습게 생각했다.

지금은 어두운 영화에 너무 빠져들지 않으려고 하고, 우울한 책은 자주 보지 않으려고 하며 긍정에 관한 책의 도움을 받는다. 명상 음악을 들으면 편안하다. 감정 이입이 도통 되지 않았던 사람들의 미소가 전처럼 생뚱맞아 보이지는 않는다. 긍정을 이야기할 수 있는 사람이 훌륭하다고도 생각한다. 로맨스 드라마가 나올 때 전처럼 그냥 채널을 돌려 버리지는 않는다.

요가를 하는 것이 전처럼 답답하지 않다. 마음속에서 나쁜 말이 흘러나와도 전처럼 놀라지 않는다. 멈추려고 하지도 않는다.

이제는 제법 능숙하게, 그냥 그대로 둔다.

3

명상은 양치질처럼

하루 세 번 그냥 한다

소설가가 많이 듣는 질문에는 또 이런 것이 있다.

"어떻게 글을 잘 쓰게 되었습니까?"

"자기만의 글 쓰는 노하우가 있다면?"

나는 이렇게 대답한다.

"매일 씁니다. 아침에 일어나자마자 세수도 하지 않고 책상 앞에 앉아요. 열두 시가 되기 전까지 다른 일들은 일절 하지 않습니다."

내가 좋아하는 작법서는 두 권인데, 하나는 레이먼드 챈들러의 『나는 어떻게 글을 쓰게 되었나』와 로버트 맥기의 『스토리』다. 두 책은 같은 작법서이지만 전혀 다른데, 로버트 맥기는 거의 성경책 분량으로 (책 커버도 빨갛다!) 글쓰기의 규칙을 세세하게 설명했다면 레이먼드 챈들러는 단 한 문장 "글을 쓰거나 아니면 아무것도 하지 말 것."* 으로 같은 일을 해냈다. 맥기의 책은 하도 읽어서 표지가 떨어져 나갔고 챈들러의 책 위에는 먼지가 앉았다. 나는 맥기에게서 아주 많은 것들을 배웠다. 하지만 끝까지 남은 건 챈들러의 조언이다. 맥기에게 배운 많은 규칙들은 굉장한 도움이 되었지만 그 많은 것들을 다시 다 버려야 했다. 하지만 챈들러의 조언은 언제나 유용했다. "적어도 하루에 네 시간 이상 일정한 시간을 두고, 그 시간에는 글쓰기 외에는 아무 일도 하지 말아야 한다는 겁니다."**

나는 챈들러가 알려 준 대로 했고 그래서 꽤 많은 분량의 글들을 쓸 수 있었다. 9년 동안 두 권의 단편집과 세 권의 장편 소설을 출간했고, 출판사에 넘긴 두 권의 소설 원고가 더 있다. 이 책의 출간을 앞둔 상태에서 그다음 에세이의 초고를 다듬어 나가는 중이다.

되든 안 되든 계속한다는 것은 매우 중요하다. 글이 안 써지는 날에 책상 앞에 앉아 있는 것은 매우 괴로운 일이다. 작가들이 겪는 대부분의 스트레스가 그것일 것이다. (물론 그보다 큰 스트레스는 생활고일 테고) 자기가 썼다고

---

*, ** 레이먼드 챈들러(2014), 『나는 어떻게 글을 쓰게 되었나』, 안현주 역, 북스피어

믿고 싶지 않은 별 볼 일 없는 문장들로 모니터를 채우고 있는 상황 말이다. 나는 그것을 받아들였다. 소설가일지라도 어떤 날은 정말 형편없는 문장을 쓸 수도 있다는 것을, 어처구니없는 장면을, 뻔하고 지루한 대화들을 쓸 수도 있다는 사실을 받아들이고 나면 창작의 고통은 절반으로 줄어든다.

매일 같은 시간에 같은 일을 반복하는 것은 그 일을 더 잘할 수 있게 해 준다. 그게 글쓰기든 다른 무엇이든. 명상도 마찬가지다.

명상을 하고 나면 이를 닦고 난 뒤처럼 깨끗하고 맑은 기분이 든다. 명상을 하다가 신기하고 놀라운 일들을 경험했다든가 어떤 날에 전혀 집중이 되지 않아 1분도 가만히 있기 어려웠다는 것 등에 일희일비하지 않고 그냥 매일 앉아 있는다. 그러다 보면 어느 날, 하늘로 치솟았다가도 땅으로 꺼져 들어갔던 마음의 동요가 가라앉아 고요하고 평온해진 자신의 모습을 발견하게 될 것이다.

내가 좋아하는 말 중에 '연습은 실전처럼, 실전은 연습처럼'이라는 말이 있다. 김연아 선수의 말인데 올림픽 대회에 출전하지 않더라도 무엇을 할 때 꽤 도움이 되는 말이다. 내가 명상에 어려움을 겪었던 것에는 명상에 대한 선입견이 작용했다. 근엄하게 앉아 있는 것이 명상이라고 생각했는지 가부좌를 틀고 나면 몸이 딱딱하게 굳었다. 명상하겠다,라고 생각하면 오히려 긴장됐다. 그냥 몸과 마음을 비우고 호흡을 가다듬어야겠어,라는 가벼운 마음으로 접근할 때 오히려 집중이 잘되었다. 원래 내가 생각했던 요가나 명상의 이미지는 근엄하고 엄격했지만 내가 경험한 요가와 명상은 아주 편안하고 즐거운 것이었다.

나는 늘 바빴다. 계속 일을 하고 집안을 돌보고 또 욕심을 채우기 위해 놀고 즐기며 끊임없이 움직였다. 요가와 명상은 내게 쉬는 시간을 주는 것, 쉬는 것을 배우는 시간이다. 편히 쉬는 것, 그걸 배우는 데 삼 년이 걸렸다.

나에게 명상은 양치질과 비슷하다. 매일 양치질을 하듯, 매일 세 번 정도 명상을 한다. 양치질을 하고 나면 입안이 개운하고, 충치도 예방할 수 있지만 양치질을 좋아하는 사람은 별로 없을 것이다. 목욕을 좋아해,라고 말하는 사람은 있지만 양치질하는 순간을 즐긴다는 사람은 보지 못했다. 하지만 양치질이 번거롭고 귀찮다는 이유로 이를 닦지 않는 사람은 드물다.

명상도 마찬가지다. 매일 그냥 한다. 하다 보면 그다지 어려운 일도, 대단한 일도 아니라는 것을 알게 될 것이다.

이런 상상도 해 본다. 지금은 고작 몇 분에 불과하지만, 명상을 오래 할 수 있게 되면 목욕을 좋아하는 것처럼 그 시간을 느긋하게 즐길 수 있지 않을까? 하루 세 번 3분만으로도 이렇게 좋은 효과가 나타났는데 한 시간을 하게 된다면 세상이 어떻게 보일지, 내가 얼마나 달라질지 벌써부터 기대가 된다. 마음을 통제할 필요가 있을 때 반가부좌를 틀고 앉아 눈을 감는다. 몇 분간 호흡에 집중하면 들끓던 마음이 어느새 가라앉는다. 언젠가 아주 오래 명상하는 것에 익숙해지면 명상은 양치질이 아니라 목욕 같은 거라고 이 책을 다시 고쳐 쓰고 싶어질지도 모르겠다.

나에게 명상은 아직 양치질이다. 이 사이에 뭐가 끼었을 때 바로 양치질을 해서 빼내듯이, 마음에 불순물이 끼었을 때 명상을 한다. 음식의 맛을 더 잘 느끼기 위해 식전에 물로 입가심을 하듯이 중요한 일을 앞에 두고 마음을 가다듬기 위해서 명상을 한다. 밥을 먹고 나서 충치가 생기는 걸 막기 위해 양치질을 하듯이 긴장을 가라앉히고 일상으로 돌아가기 위해 명상을 한다.

나는 원래 굉장히 즉흥적이고 감정적인 성격이었다. 바람이 불면 바람이 부는 대로 흘러가는 스타일이었다. 그렇게 해서 더 잘할 수 있는 일도 있다. 단편 소설의 경우에는 그런 식으로 썼을 때 굉장히 매력적인 작품이 나온다. 그런데 내가 몸을 바꿔야 하는 시기가 오고 말았다. 나는 장편을 쓰고 싶었다. 단편 소설은 인물과 배경을 그려 내는 데 한계가 있었다. 시간과 공간을 자유롭게 오가며 다양한 관계를 맺어 나가는 인물군을 보여 주고 싶었다. 분량은 말할 수 있는 주제에도 당연히 영향을 미쳤다. 이제 내게 더 큰 사이즈의 캔버스가 필요했다.

2015년은 몸을 바꾸기로 결심한 해다. 단편 소설은 정신력으로 버텨 썼지만 이번엔 그 방법이 통하지 않을 것임을 직감하고 몸을 단련할 만한 운동을 찾기 시작했다. 첫 장편 소설을 써야 했는데 원고지 천 매에 다다르는 분

량을 소화하기 위해서 필요한 근육들, 정신적인 근육뿐만
아니라 육체적인 근육이 절대적으로 부족하다는 사실을
깨달았기 때문이다. 뱃살은 희고 물렁물렁해서 제대로 앉
아 있는 것조차 힘이 들었다. 그동안 운동이라고는 해 본
적이 없었으니 내 몸에는 서고 앉고 걸어 다니는 데 사용
할 기본적인 근육이 거의 없었다.

보통 첫 단락을 인트로라고 해서 매우 중요하게 여긴
다. 근육 만들기는 첫 장의 인트로를 쓰기에 앞서 해결해
야 할 주요 과제였던 셈이다. 나는 비교적 만만해 보이는
요가원에 등록했다. 지각과 결석을 줄이기 위해 집에서
가장 가까운 거리에 있는 곳으로 갔다. 사실 그전에도 몇
번 이곳을 들락거리기는 했다. 등록해 놓고 처음 며칠 가
다가 그만두고 또 몇 달 쉬다가 다시 등록해서 며칠 다니
다 쉬고 하는 식이었다. 전혀 흥미가 생기지 않았다. 하지
만 흥미가 없다는 것은 요가를 하지 않을 이유가 되지 않
았다. 내게는 너무 분명한 목적이 있었으니까. 장편 소설
을 쓰기로 한 것은 임신을 준비하는 것과 비슷한 과정이
었다. 몸이 안 되면 절대 할 수 없는 일이었다.

나는 매일 아침 요가를 수련하고, 집 앞 공원을 다섯 바퀴씩 돌았다. 그렇게 몸을 움직이기 시작하면서 알게 된 사실은 정말이지 내 몸이 부실하다는 것이었다. 나는 제대로 앉아 있는 것이 어려웠고, 할머니들과 비슷한 수준의 체력을 갖고 있었다.

체력이 전혀 갖추어지지 않은 상태에서 내가 지팡이처럼 짚고 다닌 것 역시 '매일 한다'는 정신이다. 매일이라는 것은 중요하다. 그것은 단지 성실한 태도나 반복된 습관을 의미하지 않는다. 그것은 결과에 연연하지 않음이다. (쓰고 있는 소설이 마음에 차지 않아도 일정 분량을 반드시 쓴다! 안 쓰는 대신 못 쓰면 된다!! 못 쓰는 것이 잘 쓰는 것보다 더 어렵다!!!) 기분이나 상황에 휘둘리지 않음이다.

전혀 달라 보이지만, 운동을 하게 된 과정도 글쓰기와 그 점에서 비슷했다. 이상한 문장들만 꾸물꾸물 기어 나올 때처럼 손가락 하나도 꼼짝하고 싶지 않은 날이 분명히 있다. 그 마음에 개의치 말고 자리에서 일어나야 한다. 그건 어려운 일처럼 보이는데 가장 쉬운 방법은 그 뒷일 (즉 운동)까지는 생각하지 말고 일단 무릎을 세우고 힘을 주어 몸을 일으키면 된다.

처음에는 다른 일들을 소홀히 하고 운동만 했다. 익숙하지 않은 일을 하는 데는 아주 많은 에너지가 들기 때문이다. 요가 오전 수업을 듣고 나서 공원을 다섯 바퀴 돌고 집에 돌아오면 더 이상 아무것도 할 힘이 없었다. 드러누웠다. 내가 운동선수도 아닌데 이래도 될까, 싶은 날들이 지나고 지나 일 년 정도 되었을 때, 몸이 전과 달라졌다는 것을 확실하게 알게 되었다. 운동장을 돌고 돌아와서 바닥에 드러누웠던 것처럼 그날 분량의 원고를 쓰고 나면 바닥에 누웠다. 이러다 죽는 것은 아닐까, 하면서도 첫 장편 소설을 무사히 쓸 수 있었던 것은, 그리고 죽지도 않았던 것은 매일 오전 몸을 단련했던 덕이다.

명상을 하는 것은 운동장을 다섯 바퀴 도는 것보다 에너지가 덜 드는데도 더 어렵다. 명상을 하는 것은 다른 사람에게 보이지 않기 때문이다. 경주가 있지도 않고 메달도 없다. 옆에서 함께 달리는 사람도 없고 저 앞에서 달리면서 의지를 북돋워 줄 사람도 없다. 뒤를 따라오며 안도시켜 줄 이 역시 없다. 하지만 매일 한다.

4

당신이 무언가를 하는 방식

그관계까지 열심히 안 해도 돼

♣

마감일이었다. 출판사에 원고를 보내고 나서 미리미리 해 둬야 여유가 있겠지,라고 생각하며 다음 작업 준비를 시작했다. 그러다가 뭔가 이상하다는 생각이 들었다. 그것은 일을 열심히 하고 있는데 점점 여유가 생기기는커녕 점점 더 바빠진다는 사실이었다. 작가 생활 7년 동안 나는 마감일을 늦춘 적이 거의 없었다. 대개 문학 쪽의 마감일은 지키는 사람이 거의 없다. 일주일 정도 늦게 보내는 것은 미리 양해만 구한다면 충분히 허락을 받을 수 있고 사정이 있는 경우에는 그 이상의 배려도 받을 수 있다. 하지만 나는 날짜를 맞추려고 노력했다. 하루 더 늦추면 여유롭게 쓸 수 있더라도 서둘러서 기한 안에 마칠 수 있다면 그렇게 했다. 그렇게 날짜를 맞춰서 보내면 쉬지 않고 그다음 마감이 기다리고 있으니까 미리미리 해 두는 게 좋지,라고 생각하면서 작업을 시작했다. 매번 그렇게 해 왔다. 그런데 그날은 의문이 들었다.

'열심히 하고 있는데 왜 쉴 틈이 없지? 하면 할수록 왜 점점 더 바빠지지?'

어릴 때 아주 인상 깊게 읽었던 책 중에서 『모모』라는 동화가 떠올랐다. 그 동화 속에 나오는 회색 신사들과 거래를 한 기분이었다. 누군가 내 시간을 가져가고 있는 것 같았다.

그날 이후 작업 방식을 바꿨다. 할 수 있다면 마감을 미루고, 그날 다할 수 있더라도 기한이 남아 있으면 여유를 부리고, 작업을 마쳤더라도 원고를 미리 보내지 않는 식이었다. 신기하게도 (아니 당연하게도) 쉴 틈이 생겼다.

그간 글쓰기의 지침이 되어 주었던 레이먼드 카버의 "만약 작가가 자신의 모든 힘을 모조리 짜내어, 쓸 수 있는 최고의 작품을 쓰지 못한다면 도대체 그 사람은 무엇 때문에 글을 쓰는가?"*라는 문장을 과감히 잊기로 했다.

만약에 당신이 여유롭게 작업해도 마감을 지킬 수 있다면 왜 그렇게 하지 않는가?

---

* 레이먼드 카버(1996), 『부탁이니 제발 조용히 해줘』, 안종설 역, 집사재

취미 생활을 하면 일상에서 벗어나 자유로운 시간을 누릴 수 있다. 그러나 취미 생활을 즐길 때도 일상생활을 할 때의 내 모습은 고스란히 드러났다. 나는 취미 생활을 취미 생활처럼 즐기지 못하고 작품을 쓸 때처럼 완성도를 높이려고 했다.

요가를 할 때도 마찬가지였다. 각도를 정확하게 맞추고 자세를 바로 세우려고 용을 쓰고 있었다. 온 힘을 다 쏟아 놓고도 더 버티겠다고 끙끙대던 모습은 바로 내가 살아왔던 방식임을 고백하지 않을 수 없다. 내가 그런 식으로 요가를 하고 있었다는 것을 알게 된 것은 수련을 시작하고 2년이 지나서다.

결국 넘어졌다. 넘어지고 다시 일어섰다. 넘어진 것보다 더 허무했던 점은 넘어지는 게 별일 아니라는 거였고 그냥 다시 일어나서 하던 일을 계속하면 된다는 사실이었다. 그동안 왜 그렇게 넘어지지 않으려고 애를 썼을까 싶을 정도였다.

좀 허무하긴 했다. 이제껏 노력하며 힘들게 살았는데

그렇게 안 해도 되는 거였다니! 그냥 해도 할 수 있는 건데 죽을힘을 다했다. 아니, 대체 내가 왜 그랬지?

대답은 단순했다. 쉬지 않아서 쉬는 법을 잊었다. 스스로를 단련하는 데만 익숙해져 있었다. 그리고 그 방식은 꽤 여러 가지 일들을 잘할 수 있게 했다. 못하는 게 뭐냐는 질문에 익숙해질 무렵에 요가를 만났다. 다른 일들은 노력을 많이 들이면 더 잘할 수 있게 된다. 이를테면 작가들 사이에서는 잠을 자지 못하고 밤새 작업해서 마감을 한 에피소드들을 나누는 일이 자연스럽다. 우리가 작업을 하느라 얼마나 고통스럽고 힘든지를 나누는 것이 그다지 이상해 보이지 않는다. 그렇게 해서 건강을 해치면서 만일 좋은 작품을 완성해 냈다면 그 작가에게는 대단하다는 칭찬이나 상이 돌아간다. 나는 그 분야에 속한 사람이었고 내가 글을 쓰던 방식으로 요가를 하려고 했다.

하지만 요가는 달랐다. 내가 골반이 비뚤어질 정도로 다리를 들어 올리면 선생님은 멈추게 했다.

그 무렵에 나는 손가락을 모을 수 없었다. 손에 너무 힘이 들어가 있었고 펼쳐진 상태에서 굳어 있었다. 힘을 줄

줄만 알고 뺄 줄은 몰랐던 것이다. 명상을 하면서 깨달은 점은 내 몸이 굳고 비뚤어져 있다는 것이다. 하지만 고통을 느끼지 못하고 그게 편하다고 느끼고 있었다.

우리들 대부분이 그런 상황에 놓여 있다. 자신이 어디가 아픈지 모르고 그 아픔을 느끼지 못하는 상태 말이다. 명상은 자신의 상태를 깨닫게 해 준다. 그리고 놀랍게도 그것을 치유해 주기까지 한다. 하는 것은 앉아서 호흡을 바라보는 일뿐인데 약도 없이 주사도 없이 그렇게 된다. 몸에 주고 있는 긴장을 풀어 버린다면 스르르, 말린 어깨가 펴진다. (일상생활을 하면 다시 말리므로 한 번에 다 나을까 봐 걱정할 필요는 없다……. 물론 일상의 습관을 바꾼다면 결국 어깨는 펴질 것이다!)

힘을 빼야 잘되는 대표적인 자세들은 몸을 숙이는 자세다. 숙이는 동작들을 전굴이라고 하는데 전굴 자세의 경우는 대체로 우리가 힘을 주게 되는 그 부위에서 힘을 빼야 한다. 억지로 누르려고 하면 신기하게도 몸은 그 반대 방향으로 튀어 오른다. 근데 더 웃긴 건 그 반대로 튀

61

쉬운 전굴 자세

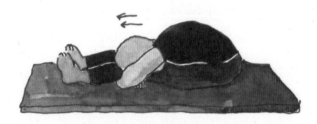

무릎을 세우고 앉아서 허벅지를 안아 준다.
배와 가슴, 허벅지가 붙은 상태에서 뒤꿈치를 앞으로 밀면서 다리를 편다.
상체가 다리와 떨어지지 않을 정도로만 펴고,
팔을 안쪽으로 조이면서 등을 늘려 준다.
머리는 아래쪽이 아니라 매트 위쪽을 향하는 것이 포인트!

뿔은 잠시
벗어 두고!

어 오르려고 하는 몸보다 그걸 알고 있으면서도 매번 또 억지로 누르고 있는 내 모습을 발견할 때다.

이 욕심이 발동하는 순간을 나는 알고 있다. 목표점에 거의 다다랐을 때다. 마치 단거리 선수가 피니시 라인을 앞두고 스퍼트를 내서 결승선을 통과하듯이 아주 조금만 더 몸을 숙이면 될 때, 머리가 다리에 붙으려고 할 때, 계속 힘을 빼고 기다리지 못하고 더 빨리 가겠다고 인위적인 힘을 가하고 만다. 거기까지가 내 종착점이라는 것을 받아들이지 못하고 더 나은 모양새를 만들어 보고자 균형을 깨뜨리는 것이다.

억지힘으로 몸을 누르는 습관들을 깨닫고 그렇게 하지 않는 것, 다른 사람들의 이마가 바닥에 닿았더라도 내가 할 수 있는 만큼 내려가서 어중간한 곳에서 멈추는 것, 그것이 좋은 요가 수련의 태도이다.

할 수 있는 데까지 다하지 않고 적당히 멈추기. 그건 이제 내가 요가를 하는 방식이며 글을 쓰는 방식이기도 하고 사람을 대하는 방식이기도 하다. 그래서 전보다 결과

완성 동작이나 다른 사람을 따라
내 몸을 끼워 맞추지 않고
내가 할 수 있는 데까지~

어중간해 보이더라도
거기서 멈추는 게 지혜로운 태도!

가 더 모자란가 하면 그렇지 않다. 몸은 더 부드러워져서 더 깊이 숙일 수 있고, 글은 더 균형 잡혔으며, 상대방은 더 편안해한다.

전에 가끔 나를 보고 도망치던 동거묘 녀석이 곁에서 늘어져 있는 걸 보면 내가 잘하고 있구나 싶다. 물론 나 자신은, 솔직하게 말하자면 가끔 '아, 이렇게 심심한 상태로 살아 있을 수도 있구나!' 싶을 때가 있다. '이게 정말 맞을까? 이건 진짜 지루하다.'고 생각하기도 한다. 그러면 이건 어쩌면 정말 심심하거나 지루한 게 아닐지도 모른다고 생각을 고쳐먹는다. 이게 어쩌면 다른 사람들이 말하는 편안한 상태인지도, 평화나 평온인지도 모르지,라고.

그러던 어느 날 친구가 물었다.

"너 옛날에 진짜 에너지 넘쳤는데, 다시 격렬한 운동 하고 싶지 않아?"

나는 고개를 저었다.

"그땐 좋았지. 하지만 사십 대에 스무 살 때처럼 열렬한 사랑을 다시 하고 싶지 않은 것과 마찬가지야."

왜 남자 친구가 없는 걸까, 하고 불만스러워하지만 정

명상할 준비가 되지 않았다면
초와 향을 피우는 것도 좋은 방법!

가을바람 불어오니 싱숭생숭해~
아, 인생 뭘까…?

깨닫고 싶으면 명상

이러고 있으면
경추 풀린다고?
정말?

엎드려 있는 것이
수련이 된다니
이보다 좋을쏘냐~

말 연애를 하고 싶냐고 물으면 그렇다고 자신 있게 대답하지 못하겠다. 마흔엔 요가. 은근하게 오랫동안 곁에 있어 주는 우정이 더 고맙고 마음이 간다.

내가 사람을 대하는 태도, 일을 하는 방식, 무언가를 하고 있을 때의 자세들은 요가를 할 때 여실히 드러난다. 내가 억지힘을 써서라도 완성도를 높이려 한다는 것 말고 또 깨달은 것은 약하게 보이고 싶어 하지 않는다는 사실이다. 그래서인지 작은 힘으로도 움직일 수 있는데 센 힘을 사용하고 있었다. 부드러운 힘을 잘 쓰지 못했다.

나는 강해지고 싶었다.

사실 어느 정도는 그렇게 되었다. 뱃속에서부터 숨을 잘 쉬지 못해서 어머니는 나를 임신했을 때 아무것도 하지 않으셨다고 했다. 커서도 깔깔거리면서 뛰어놀기보다는 집에서 색칠 공부를 할 때 행복하다고 느꼈다. 동네 장난꾸러기가 머리를 잡아당기고 혀를 내밀며 신나서 도망치던 얼굴이 눈앞에 생생하다. 아이들의 그런 쾌활함이 어린 시절의 내게는 없었다. 몸이 약했다. 그네에서 뛰어

내리면 관절이 아팠고, 화장실에서 힘을 주는 것도 어려
웠다. 뒤늦게 배우게 된 운동으로 체력을 기르게 되자 나
는 그런 나의 모습들을 잊었고, 돌아가고 싶지 않았다.

내가 가장 어려워했던 동작은 아무 힘도 쓸 필요 없는
사바 아사나였다. 지금은 틈만 나면 하는 동작인데 처음
에는 그 자세로는 아무래도 긴장을 풀 수 없었다.

일단 옆에 누군가가 있다는 사실은 나를 이완하지 못
하게 했다. 모르는 사람이 곁에 누워 있는데 내가 어떻게
힘을 풀 수 있겠는가. 사람들이 내는 소리들이 끊임없이
들려오고 누군가는 거친 호흡을 하고 있다. 나는 사바 아
사나 시간에 오히려 더 몸에 긴장이 들어갔다. 혼자 살고,
혼자 일하는 생활에 익숙해져서 누군가와 그렇게 가깝게
있다는 것은 나를 긴장 상태로 몰고 갔다.

처음 명상을 하던 날 선생님께서는 소리에 반응하지
말라고 지시했다. 나는 그즈음 소리에 상당히 의지하고
있었다. 음악을 듣는 것을 좋아하고, 가끔 바이올린 연습
하는 것을 낙으로 삼고 있었다. 소리에 가 있던 신경을 끊

자 갑자기 눈물이 흐르기 시작했다. 석상같이 덩그러니 홀로 앉아 있는 내 모습을 보게 되었는데 내가 몹시 외롭다는 걸 알았다. 그전에는 혼자 지내면서도 외롭다는 생각을 해 본 적이 없었다. 내 삶은 흥미롭고 즐거운 일들로 가득했으니까. 여가 시간은 다양한 취미 생활로 빡빡하게 채워져 있었다. 나는 사는 게 재미있다는 말을 많이 했다. 그런데 명상을 하면서 보게 된 내 마음 상태는 외로움이었다.

명상은 잠시 비켜섬이고, 대부분의 사람들은 어울림에서 비켜나서 몸과 마음을 비우는 시간이 필요하다. 하지만 내 경우에 명상을 통해서 알게 된 깨달음은 내가 너무 오래 비켜서 있었고 이제 어울림, 사람들과의 교류가 필요하다는 것이었다.

5

명상 부작용

요가의 목적은 평화가 아니다

♣

　나의 경우는 명상을 수련하기 비교적 쉬운 편이었다.
오랜 시간 혼자 앉아 글을 쓰는 일에 몸이 익숙해져 있었
기 때문에 일단 가만히 앉아 있는 것은 훈련이 되어 있었
다. 그런데 부작용이 나타났다. 요가를 수련하고 명상을
하는 이유는 사람들과 더 잘 어울리고 자기 역할을 잘 수
행하기 위해서라고 배웠는데 나는 오히려 일상생활을 멀
리하고 싶어졌다. 겨우 잠잠하게 가라앉힌 마음을 다시
들뜨게 하는 게 싫었다. 명상으로 마음을 가라앉히고 나
면 누가 나에게 말 걸거나 함께 뭔가를 하자고 다가오는
것이 싫었다. 이를테면 수련을 마치고 사람들이 함께 식
사를 하러 가자고 하면, 나는 겨우 몸이 단정해지고 마음
이 편안해졌는데 밥을 먹는 동안 그게 다시 뒤흔들리는
게 싫어서 거절했다. 그건 양치질을 하고 난 뒤의 상쾌함
을 유지하고자 식사를 하지 않으려는 상황과 비슷하다.
나의 경우는 좀 심해서 아예 밥이 먹기 싫어지고 양치질

만 계속하겠다는 식으로 생각이 흘러간 것이다.

명상은 분명 현실과 잠시 떨어져 고요한 시간 가운데 하기에 평화를 가져다주지만, 그것 자체가 목적이 아니라는 점을 잊지 말자.

요가의 1단계를 야마라고 하는데 여기에서는 개인이 사회에서 해서는 안 되는 금기들을 다루고 있다. 개인적으로 지켜야 할 규율보다 다른 사람과의 관계에서 지켜야 할 규율이 우선이다. 요가는 자신의 고요한 내면을 찾는 수련이지만 그렇게 해서 배운 것들을 함께 나누는 삶을 지향한다.

이 장에서는 야마의 다섯 가지 규율을 소개하겠다.

불살생

요가의 수행법에는 모두 여덟 가지가 있는데
그 첫 번째를 행하지 말아야 할 것,
즉 금계라고 해.

금계의 첫 번째 계율은 불살생,
모든 생명을 존중하는 마음이야!
모기도 죽이지 말라고 배웠어.

모두들
이 집으로
이사 와!
컴온 컴온~

웃고 있는 것처럼 보이겠지만
몹시 간지러워.
우리 집은 산동네라
정말 큰 산 모기들이 산단다~

불망언

두 번째 금계는 거짓말을 하지 않는 거야.
욕설, 이간질, 쓸데없는 말도 하지 말라고 했어.
그런데 쓸데없는 말의 기준은 사람마다 조금 다른 것 같아.
종일 혼자 지내는 나는 거의 아무 말도 하지 않지만
친구는 대화 나누는 걸 좋아해.

VS   보다

좀 조용히 해 줄래?   뭐라고 말 좀 해 봐.

VS   가 낫겠지?

내 이야기는 아주 잘 들어 주는 편이란다.   그럼 내가 말할게.

불투도 🍎

불투도는 훔치지 않는다는 뜻이야.
다른 사람의 것을 갖고 싶어 하지 말고 내가 가진 것이라도 낭비하지 말고
필요하지 않은 것을 끌어모으지 말자!
물질적 요구를 최소한으로 줄이는 것이 넓은 범위에서 불투도에 속해.

NO buying day

아무것도 사지 않는 날을 정해 두는 것도 좋겠지?

절제

금욕이라면 자신 있다고 생각했어.
노는 것보다 일하는 데 에너지를 많이 쏟고
벌써 몇 년째 연애도 하지 않았으니
저절로 절제가 몸에 배지 않았을까?
그런데 절제란 강제된 것이 아니라
오히려 만물에서 신성을 느끼는 거래.
"인간적인 사랑을, 행복을 경험하지 않고는
신적인 사랑을 이해하기란 불가능하다."
그리고
"자신을 사랑해야 다른 사람을 사랑할 수 있다."라고 하니….
좀 어렵지만 천 리 길도 한 걸음부터!

억지로 참지 말고
적당히 즐기자~

불탐

당장 필요하지 않은 것을 사 모으고
저장해서는 안 된다는 거야.

자신은 아무 노력도 기울이지 않고 다른 사람의
도움으로 무언가를 얻어서도 안 되고~

요가 포럼이 끝난 후 식사 자리에서 우연히 명상 지도자와 마주 앉게 된 적이 있다. 그는 내게 명상을 하고 있느냐고 물었고, 그렇다고 대답하니 가족과의 관계가 좋아졌느냐고 물었다. 나는 고개를 끄덕였다.

함께 살고 있는 고양이 먼지와의 관계가 매우 성숙해졌다. 태어날 때부터 몸이 약하고 예민해서 호흡 곤란과 발작이 있던 먼지의 상태를 있는 그대로 받아들이게 되었다. 걱정하거나 불안해하지 않고 그게 먼지의 삶이구나,라고. 상태가 더 나빠질까 봐 두려워하지 않으니 먼지를 바라보는 내 시선은 부드러워졌고, 그러자 먼지도 점점 더 편안하고 건강해졌다.

그는 그렇다면 아마 내가 명상을 잘하고 있는 게 맞을 거라고 했다.

6

장비족의 명상법

장비빨 좀 세우면 어때

♣

    글을 쓸 때 음악을 들으면 마치 링거를 맞고 있는 것처럼 영양이 주입되는 기분이다. 계속 써도 피곤한 줄 모른다. 진짜로 그런 건 아니고 피로감을 잠시 잊고 있는 상태겠지만 작업을 하면서 음악을 들을 수 있다는 것은 분명 글쓰기의 즐거움 중 하나다.

    비슷한 이유로 요가를 할 때도 음악을 틀어 놓는다. 물론 음악을 틀지 않는 쪽이 더 집중이 잘되는 것이 사실이지만 그렇게 따지면 선생님을 따라서 동작을 하는 것도 의식을 밖으로 가져가야 하기 때문에 집중하는 데는 도움이 되지 않는 게 사실이다. 그래도 단체 수업으로 요가를 할 때 명상 음악을 틀어 놓는 경우가 일반적이다.

    아이가 처음에는 부모님의 손을 잡고 걸음마 연습을 하는 것과 비슷하다. 명상을 하는 것도 마찬가지 아닐까? 차차 버려 나가야 하더라도 당장에는 도움을 받을 수 있다면 그렇게 해도 좋다고 생각한다.

내가 무슨 얘기를 하려고 하는지 이미 눈치챈 사람도 있을 것이다. 그렇다, 나는 장비족이다! 나에게는 다양한 키보드가 있다. 어깨를 편안하게 해 주는 브이(V) 자식 키보드, 푸른 불빛을 내뿜는 웅장한 게임용 키보드, 타이핑 기기를 연상케 하는 디자인의 키보드……. 때로 키보드의 도움으로 소설을 썼노라 고백한다.

물론 그런 마음들을 멀리서 바라보고, 그게 진짜 내가 아님을 깨달아 참나에 이르는 것이 명상이라지만 초보자의 경우에는 이런저런 도구를 동원해서 명상과 친해지고 익숙해지는 것도 괜찮다.(고 나는 생각한다.)

이 장에서는 명상 도우미라고 할 수 있는 물품들을 소개하려고 한다.

ㄱ. 네띠

가장 먼저 소개하고 싶은 것은 네띠다. 네띠의 외양은 흡사 알라딘의 요술 램프를 닮았다. 네띠를 만나는 것은 지니를 만나는 것만큼이나 반가운 사건이 될 것이다. 당신의 소원이 부드럽고 고요한 호흡이라면 네띠는 분명

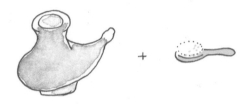

네띠에 체온과 비슷한 온도의 물을 붓고
소금을 한 스푼 넣어 섞는다.

※ 이때, 입을 크게 벌리고
입으로 호흡한다.

아~

소금물을 한쪽 콧구멍으로 흘려 넣어
다른 콧구멍으로 흘려 보낸다.

그 소원 가까이로 이끌어 줄 테니까. 네띠는 콧속의 이물질을 제거하고 호흡을 원활하게 하게 해 주는 도구다. 네띠로 콧속을 씻어 주고 난 뒤에는 고개를 충분히 돌려 가며 비강에 남아 있는 물을 빼 주어야 한다. 간혹 콧속에 남아 있던 물이 불시에 흘러나오는 경우가 있으니 당황하지 말 것.

나는 축농증이 있는데 네띠를 사용해서 코로 숨 쉬는 데 큰 도움을 받았다.

ㄴ. 향과 오일

향기는 한번 빠져들기 시작하면 헤어 나오기 어려운 세계다. 그래서 한 번에 두 개 이상의 향기를 보관하지 않는 것을 원칙으로 삼고 있다. 하나는 감미로운 플로럴 계열, 하나는 상쾌한 풀잎 계열이다. 램프에 초를 연소시켜 얻은 열로 오일을 떨어뜨린 물을 데워서 공기 중에 향을 머금게 하는 기화법을 추천한다.

초는 사지 않고 만든다. 초를 만드는 과정은 명상을 하는 과정처럼 차분하고 고요한 세계로 나를 이끈다.

초 만드는 법

1 | 소이 왁스를 중탕한다.

2 | 빈 통에 소이 왁스 녹인 것을 붓는다.

빈 우유갑

다 쓴
화장품 통

3 | 나무 막대나 면 심지를 세워 굳힌다.

식기 전에
오일을 넣어 주면
향초가 된다.

젓가락으로
고정!!

오일을 사랑하다가 이제는 실제 식물들을 만나는 데에 이르렀다. 로즈마리를 식초에 담가 놓은 액으로 설거지와 청소를 하고, 라벤더 차를 마시고 비즈 왁스에 캐모마일을 넣어 페이스 크림을 만든다. 올리브 오일에 페퍼민트를 떨어뜨려 칫솔질을 하고 정제수에 로즈 오일을 떨어뜨린 것으로 토너를 대신한다.

물을 담고 오일 떨어뜨리고 초에 불을 켜기도 번거로운 날에는 향을 피운다. 향의 세계도 무궁무진한데 초와 마찬가지로 직접 만들어 보자.

ㄷ. 볼스터

볼스터는 꿈의 도구다. 네띠가 요술 램프라면 볼스터는 마법의 양탄자라고나 할까? 만사가 귀찮아서 고양이 자세조차 할 수 없는 날에는 볼스터 위에 눕는다. 나는 글을 쓰는 책상 옆에 볼스터를 두고 있다. 글을 쓰다가 몸이 아프거나 굳기 시작하면 잠시 키보드에서 손을 떼고 볼스터 위에 눕는다. 연꽃 위에 누운 비슈누가 부럽지 않다.

시중에 파는 볼스터는 값이 꽤 나간다. 작은 것은 4만

볼스터 만드는 법

① 사용하지 않는 베개 커버를 준비해요. 되도록 큰 사이즈가 좋아요!

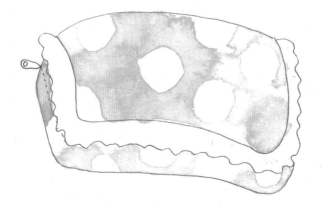

② 헌 옷을 준비해요. 이왕이면 단순한 디자인의 편한 면 소재로….

③ 커버가 뚱뚱해질 때까지 헌 옷들을 넣고 지퍼를 닫으면 완성!

원, 큰 것은 7만 원 선이다. 볼스터를 워낙 좋아하니까 큰 맘 먹고 대자 사이즈로 하나 구입했었다. 그런데 함께 사는 냥이 녀석이 그 위에 오줌을 싸 버렸다. 요가에 집중하면서 녀석을 좀 소홀히 대했더니 볼스터랑 요가 매트 같은 요가 도구들에 불만을 표시했다. 다시 구입하기에는 좀 비싼 가격이라서, 만들어 보기로 했다. 의외로 간단하게 볼스터 비슷한 것을 만들 수 있었다.

ㄹ. 안대

예민한 사람들은 안대를 하고 자는 것이 좋다. 팥은 열기를 품고 있는 속성이 있다고 하여 나는 팥 안대를 사용한다. 장시간 모니터 화면을 보며 글을 쓰고 나면 눈이 뻐근하고 따갑다. 이때 안대를 이용해 눈의 피로감을 풀어 준다. (물론 볼스터 위에 누워서. 흐흐흐.)

사무실에서 일할 때는 안대를 사용할 수 없을 것이다. 눈을 잠시 감는 것, 빠르게 깜빡이는 것, 질끈 감았다 뜨는 것 정도만 해도 눈의 피로감을 훨씬 줄일 수 있다. 눈을 감고 손끝으로 눈 주위의 뼈를 지그시 눌러 주는 것도 좋다.

팥 안대 만드는 법

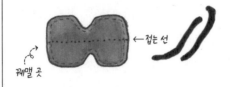

1 면으로 된 천을 얼굴 사이즈에 맞게 오리고
신축성이 있는 소재의 끈을 준비한다.

← 접는 선

꿰맬 곳

2 안대에 팥을 넣고 꼼꼼이 바느질한다.

안에 팥이 들어 있어요.

3 전자레인지에 20초 돌려서 따뜻해진 안대를
눈 위에 얹으면 긴장이 스르르~ 잠이 솔솔~

올나리

꿀잠

ㄹㄹㄹ ‥‥

ㅁ. 소리

요가나 명상을 해 보지 않은 사람들이라도 각자 몸과 마음을 가다듬는 법 몇 가지쯤을 익혀 두고 있을 것이다. 나의 마음을 안정시켜 준 것은 요가 수업을 녹취해서 듣는 것이었다. 나는 초보 강사라서, 선생님의 수업을 따고 그 틀 안에서 약간의 변형을 해서 수업을 구성한다. 일단 처음에는 한 시간 분량의 수업 내용을 녹취하고 풀어야 하는데, 그걸 하면서 마음이 아주 편안하고 숨이 잘 쉬어진다는 것을 알았다. 그래서 힘든 일이 있거나 감정을 컨트롤하지 못할 때 녹음을 듣곤 했다. 잠자기 전에 들으면 잠이 솔솔 왔고, 자다가 깨면 녹음기를 틀었다. 그러면 어느새 다시 잠에 들어 있었다. 나에게는 수업 녹음 내용이 명상을 이끄는 음악과 비슷한 역할을 하는 것이다.

마음을 고요하고 차분하게 가라앉혀 주는 소리를 찾아보자. 어쩌면 그 소리들은 이미 곁에 있을지 모른다. 시각에 몰려 있던 감각들을 귀 쪽으로 보내면서 일상생활 속 고요한 소리들을 찾아보자.

ㅂ. 마음을 차분하게 해 주는 활동들

명상이 너무 어렵게 느껴진다면 마음을 한가하게 해주는 취미 활동도 괜찮다. 억지로 가라앉히려고 하기보다는 적당히 풀어 주면서 차차 길을 들이는 것도 방법이니까. 천 리 길도 한 걸음부터라는데 명상도 한꺼번에 오를 수 있는 산은 아니다. 그냥 앉아 있어 보는 것, 그 첫 단계조차 어렵다고 느낀다면 명상과 닮아 있는 취미 활동들을 시도하는 것도 나쁘지 않다.

사실 나는 원래 활동적인 취미를 좋아해서 지난여름에는 수상 스키에 도전했다. 볕이 따가워 잠깐 밖에 나가 있는데도 머리 정수리에서 후끈한 열기가 느껴질 정도로 뜨거운 날씨였다. 10분이 채 안 되는 간단한 레슨을 마친 뒤에 보트에 올랐고, 물에 빠졌을 때 어떤 상황에 맞닥뜨리는지 전혀 모르는 상황이었다. 물살이 세다며 강사가 염려했을 때만 해도 자신만만했는데, 강물 위로 몸을 세우자마자 픽 쓰러져 그대로 물 밑으로 가라앉아 버렸다. 이러다 죽을 수도 있다는 것 외에 아무 생각도 들지 않았

일상의 고요한 소리들

심지로 나무 막대를 꽂으면
초 타는 소리를 즐길 수 있어요~

라라라

연필로 글씨 쓰는 걸 좋아해.
사각거리는 소리가 나니까!

설거지할 때
쏴아ー
물소리가 시원하지?

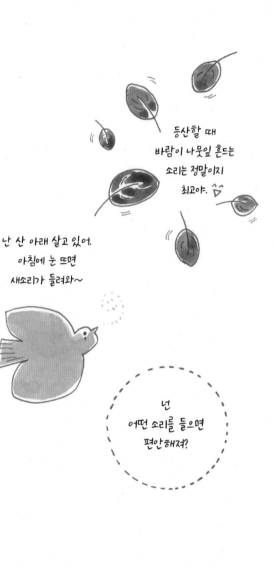

등산할 때
바람이 나뭇잎 흔드는
소리는 정말이지
최고야.

난 산 아래 살고 있어.
아침에 눈 뜨면
새소리가 들려와~

넌
어떤 소리를 들으면
편안해져?

다. 몸을 뒤집어야 하는데 도저히 뒤집어지지 않았다.

『테레즈 라캥』에서 카미유가 죽는 장면과 엇비슷하게 급박한 상황을 연출하면서 나는 필사적으로 허우적거렸지만 묵직한 스키를 매단 발은 계속 가라앉았다. 그 절박한 상황을 먼 산에 불 보듯 하며 유유히 보트가 다가오고 있었지만 구조되기 전에 나는 숨이 멎을 것 같았다. 죽음을 목전에 두고 있는 양 발버둥 쳤지만 이런 상황을 수백 번 보아 온 듯 강사는 침착했다…….

이 일로 해양 스포츠를 향해 타오르기 시작하던 관심이 싹 달아났다. '땅에서 하는 운동이 많은데 왜 바다에서까지 해야 하지?'

그런데 땅에서 하는 운동으로도 나는 양쪽 어깨가 탈골되는 사태에 이르렀고, 요가와 명상을 하게 되면서 취미 생활을 향한 마음을 접게 되었다. 그래도 가끔 지루할 때는 이것저것 기웃거려 본다. 너무 열정적으로만 하지 않으면 괜찮지 않을까?

그렇게 찾게 된 새로운 취미 생활이 있는데 그게 마크라메다. 마크라메를 할 때 명상을 하는 것과 비슷한 고요를 느낀다. 두툼한 면사를 메고 꼬고 땋고 풀며 매듭을 만들어 가다 보면 마음이 침착해지고 어느새 잡생각이 사라져 버린다. 명상이 너무 따분하다고 느끼는 사람들은 조용한 취미를 찾아서 차차 명상에 가까이 가는 것도 좋을 것이다.

7

가끔은 두루치기

어떤 날에는 과자도 라면도

♣

　나는 고기 마니아였다. 오겹살을 주기적으로 먹지 않으면 힘들었고 아침에 일어나자마자 고기를 구워 먹는 날도 있었다. 매끼 고기를 먹으라면 먹을 수 있었다. 고기를 먹으면 일단 힘이 났다.

　이제는 채식도 즐긴다. 채식을 하면 마음이 평화롭다. 일단 화가 나지 않는다. 그게 어떤 이유 때문인지는 정확하게 모르겠다. 먹는 음식이 밋밋한 맛을 내니 나도 그런 성질을 닮아 가는 게 아닐까? 친구는 "화낼 힘도 없는 거 아니니?"라고 묻기도 했다. 그 말도 어느 정도 맞다. 고기를 줄이면서 분명히 힘이 전 같지는 않다. 나에게는 둘 중 하나를 선택하기보다 상황에 따라 적정량을 골고루 먹는 게 맞았다. 음식을 먹은 뒤에 내가 해야 할 일이 뭔지 먼저 파악하고 힘을 쓸 일이 있는 날에는 힘 나는 음식들을 먹어 준다. 만약에 그날 하루 종일 집에서 빈둥거릴 거라면 굳이 고기를 먹지 않는다. 양념을 하지 않고 깔끔한 맛을 내는 음식들은 고요하게 혼자 있는 날에 먹고, 사람들과 함께 어울려야 하는 날에는 적당히 양념을 넣어 자극적인 것을 즐긴다. 단것을 먹어 예민한 몸과 마음을 좀 둔하게 만들어 주기도 한다.

전에 나는 음식이 맛없으면 화가 났다. 일을 하고 나서 맛있는 음식을 먹는 것은 내가 내게 주는 선물이었다. 이제는 반대로 생각한다. 음식을 먹고 받은 에너지로 내가 활동을 할 수 있는 것이다. 그렇게 생각하면 일을 했다고 해서 내게 상을 줄 필요도 없고, 그 상이 꼭 나를 만족시켜야 할 필요도 없다. 맛이 없어도 화가 나지 않는다. 맛에 딱히 집착하지 않게 된다.

요가를 하면서 가장 나를 변화시킨 말은 '신에게서 받은 것을 다시 신에게'이다. 그 말은 어디에도 대입되었다. 가만히 생각해 보면 다 남에게서 받은 것이다. 내 몸도 부모에게서 났고 입고 있는 옷도 누군가 만들어 줬고 먹는 음식도 누가 농사를 지어서 거두어들인 것이다. 내가 하는 말과 행동도 어디서 보고 들어서 배운 것이고, 내가 쓴 글도 다른 글들을 읽으면서 받은 에너지로 북돋워진 결과물이다. 뭐 대단히 내가 한 일이 없다. 그러니 힘들고 억울한 상황이라는 게 없어졌다. 전처럼 감정이 심하게 동요하는 일이 없어졌다.

단백질을 중심으로 한 키토식을 하고 있는 친구와 식단과 관련해 이런저런 이야기를 나눈 적이 있다. 친구와 내가 알고 있는 식단 짜기의 주의점은 단백질과 탄수화물을 같이 먹었을 때 독소가 발생한다는 것이다. 나는 어떤 날에는 단백질을 먹고 어떤 날에는 곡류와 채식 반찬을 함께 먹는다. 어떤 날에는 몸에 안 좋은 음식도 먹는다. 레토르트 식품이나 패스트푸드도, 과자도 라면도 먹는다. 이렇게 저렇게 한다는 원칙을 칼같이 지키기보다 오히려 느슨해진 것이 요가를 하면서 내게 생긴 변화다.

포장 용기에 오히려 더 신경을 쓰는 편이다. 늘 천으로 된 장바구니를 가지고 다니고, 과하게 포장된 물건들을 피해서 구입한다. 음식들은 신선하면 된다. 감사한 마음으로 음식을 고르고 즐거운 마음으로 조리해서 먹는 과정을 즐기며 그릇들을 깨끗이 씻어서 깔끔하게 정리하기까지의 전 과정을 중요하게 여긴다. 내가 버린 음식물들이 어디로 가는지 관심을 갖고, 되도록 쓰레기를 줄이려고 노력한다. 설거지할 때 물을 조금 덜 사용하려고 하고 세제를 사용하지 않는다.

음식의 맛과 영양에 집중된 관심을 이러한 전 과정에 고루 나누어 준다면 전혀 다른 방식으로 식탁을 바라보게 될 것이다.

요가의 2단계를 니야마라고 한다. 개인이 지켜야 할 지침들이다. 야마는 하지 말라는 금계들로 이루어진 반면, 니야마는 하라는 권계들로 이루어져 있다. 이 계율들을 지킴으로서 집중이 일어나고, 감각 기관을 제어할 수 있게 되며 집착에서 벗어나 마침내 삼매에 이르게 된다고 한다.

청결

청결이란
신체뿐만 아니라 마음과 생각의
독소와 불순물을 제거하는 일 ♪

만족

만족은
외부에서 오는 게 아니라
마음의 상태

냥이는 늘 연인과 함께야. 하지만
난 혼자 있는 시간도 즐거워.
레모네이드와 딸기케이크가 있다면
충분히.

인내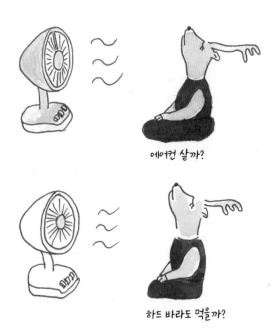

참아 봐, 배고픔·목마름·추위와 더위를
극복해 보자고.

에어컨 살까?

하드 바라도 먹을까?

경전 공부 📖

육체의 수련만큼이나 지혜를 갈고닦는 것도 중요해.
내가 읽은 요가책들을 소개할게!

요가 경전의 고전들.
좀 어려워서
설명이나 주석을
참고하면서
공부하는 게
좋을 듯해.
이 중엔
『요가 수트라』가
만만~

가장 자주 보는 책은
주로 아사나와
관련된 책들이야.

요가 에세이들은
동시대의 요가인들이
어떻게 수련하고
어떤 생각을 하는지
궁금할 때
들춰 봐.

신심 🪷

최선을 다하고 난 뒤의 기도
'당신의 뜻대로 이루어지게 하소서.'

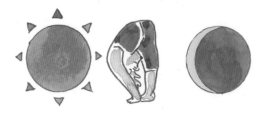

'나'라는 관념이 사라진다고?
무슨 뜻인지 알 듯 모를 듯!
그래도 요가를 하면서 이기심과
고집이 많이 줄었다고….

8

마실 때는 배가 나오고
내쉴 때는 들어간다

모든 것을 자연스럽게

♣

나는 감정이 들쑥날쑥한 기분 장애 환자였다. 우울증이 심해져서 조울증이 되었고 증상이 심각할 때는 분열 증상이 나타났다. 5년 동안 신경 정신과 약을 먹으며 상담 치료를 받으면서 증세가 점차 호전되었고 차차 약을 줄여 나갔다. 약을 완전히 끊은 지 5년이 다 되어 간다. 그때 나는 내 감정에 나를 완전히 동일시하고 있었고, 그게 나라고 여겼다. 하지만 이제 내 감정을 조절하려고 하고 감정과 나를 떨어뜨려 놓고 바라본다. 들끓고 파도치는 감정에 휩쓸렸던 시간들은 가고, 이제 그걸 멀리서 바라볼 줄 아는 지혜가 생겼다.

일상생활을 할 때 우리들은 의식을 밖에 두고 있다. 그렇기 때문에 이런저런 소리나 지시에 반응하고 아름다운 풍경을 보면서 감탄하며 다른 사람들의 행동이나 말 때문에 불쾌해하는 반응이 일어난다. 요가와 명상을 하는 동안에는 의식을 몸으로 가져온다. 태풍의 눈처럼 고요한 지점을 찾으면 외부의 자극에 동요하지 않고 침착함을 유지할 수 있다.

　균형을 잃었다고 느낄 때는 교호 호흡을 한다. 왼쪽 콧구멍과 오른쪽 콧구멍을 번갈아 여닫으며 숨을 쉬면 된다. 왼쪽 콧구멍으로 숨을 쉴 때는 생각하는 뇌가 활성화되고, 오른쪽 콧구멍으로 숨을 쉴 때는 활동하는 쪽의 뇌가 활성화된다고 한다. 왼쪽 콧구멍으로 내쉬고, 멈춘다. 왼쪽 콧구멍으로 마시고, 멈춘다. 오른쪽 콧구멍으로 내쉬고, 멈춘다. 오른쪽 콧구멍으로 마시고, 멈춘다. 다시 처음으로 돌아간다.

　이렇게 반복한다. 왼쪽 콧구멍으로 숨을 마시는 것으로 시작해서 왼쪽 콧구멍으로 숨을 내쉬는 것으로 마친다. 콧구멍을 막을 때는 손가락 끝으로 콧방울에서 살짝 위쪽을 가볍게 눌러 준다. 호흡을 조절하는 것만으로도, 콧구멍을 막는 것만으로도 마음을 다스릴 수 있다니 심지어는 허무할 정도로 간단한 방법이다.

　이 장에서는 몸을 움직여 한쪽 몸을 활성화시켜 주는

오른쪽 콧구멍으로
숨 쉰다.

말과 행동이 성급해질 땐,

왼쪽 콧구멍으로
숨 쉰다.

자세를 소개하겠다.

옆으로 누운 자세에서 한쪽 다리를 들어 올리는 아난타 아사나도 좌우의 균형을 맞춰 준다. 왼 다리를 들어 올렸을 때 왼쪽 코로 드나드는 호흡이 원활해지고 오른 다리를 들어 올렸을 때 오른쪽 코로 드나드는 호흡이 원활해진다. 다리를 들어 올렸을 때 엉덩이를 뒤로 내밀지 않으면 골반이 앞이나 뒤로 빠지지 않게 교정할 수 있다. 손으로 머리를 받치기 어려운 경우에는 팔을 머리 위로 뻗어도 좋다.

중요한 일을 앞두고 있을 때, 교호 호흡과 물구나무서기를 하고 나무 자세 같은 외발서기를 연습한다. 이 세 가지 세트 메뉴면 웬만해선 균형이 흐트러지지 않는다. 교호 호흡은 산스크리트어로 나디 쇼다나다. 명상을 하기 전에 몸과 마음을 가다듬기 위해 해도 좋다. 나는 명상이 필요한데 할 수 있는 여건이 되지 않을 때 교호 호흡을 한다.

객관식 문제 풀기, 사지선다형에서 답을 찾는 교육을 받았기 때문에 나는 인생에 정답이 있을 거라고 생각해

① 팔꿈치·어깨·골반·무릎·발목을 일직선상에 놓는다.

② 무릎을 구부려 어깨 쪽으로 당겨 오고

허벅지 안쪽으로 팔을 뻗어서 발날을 잡는다.

③ 무릎을 펴면서 다리를 귀 옆쪽으로 당긴다.

왔다. 참고서에 써 있었던 것처럼 몇 가지 팁을 외우면 뭔가를 잘할 수 있을 거라고 생각했다. 호흡을 하는데도 마찬가지로 몇 가지 팁이 필요하다고 생각했다. 그 팁들을 적용하면 제대로 숨을 쉴 수 있다고 생각했나 보다. 그러나 선생님에게서 돌아온 대답은 간단했다.

"숨을 들이마실 때는 배가 나오고 내쉴 때는 나온 만큼 들어가요."

나는 이 말을 좋아한다. 수업을 진행할 때 꼭 넣는 멘트이기도 하다. 척추를 세우는 각도, 배가 나오는 적정 너비와 들어가는 너비 같은 상세한 팁들을 예상하고 있었기 때문에 처음에는 고개를 갸우뚱했다. 하지만 곧 여러 가지 팁을 기억하고 적용해서 숨을 쉬는 것이 절대 편안할 리 없다는 사실을 알았다. 호흡에서 생기는 상당한 문제는 들이쉬고 내쉬는 숨의 부조화 때문일 것이다. 내쉬지 않고 마시려고만 한다거나 너무 조금 마시는 등, 자연스러움을 잃은 탓이다.

마실 때는 배가 나오고 내쉴 때는 나온 만큼 들어간다. 이 사실을 모르는 사람은 없을 것이다. 마시니까 당연히 배가 나오겠지. 나왔으니까 그만큼 들어가겠지. 하지만 막상 이 단순한 말을 실천하는 것이 쉽지 않다. 일단 숨을 마실 때 배가 아니라 다른 신체 부위가 올라오기도 하고 가슴이 답답하다는 생각 때문에 충분히 내쉬지 않고 자꾸 숨을 더 마시려고만 하는 경우가 많다. 마시는 숨보다 내쉬는 숨을 더 길게 가져가는 것이 좋다고 하는데, 마시는 데 더 집중하는 경우가 많다.

숨과 숨 사이에 잠깐 휴지기를 갖는 것은 호흡을 더 고요하게 유지시켜 준다. 너무 오래 참으면 그다음 호흡이 더 급하거나 거칠어지므로 잠시 숨을 보유하고 있다는 느낌이 들 정도면 충분하다.

나는 약간의 고소 공포증이 있는데 어떤 때는 괜찮지만 어떤 때는 정말 견디기 어렵다. 이럴 때 의식을 몸으로 가져와서 호흡을 관찰하면 금방 공포증이 사라진다. 한번은 오페라 공연을 보러 갔는데 3층석에서 무대를 내려다

보다가 기절하기 직전 상태가 되었다. 분명 내 몸은 의자에 앉아 있는데, 당장 저 아래로 굴러떨어질 것 같다는 공포에 사로잡혔다. 의식이 내 몸이 아니라 저 몇 미터 아래 무대 쪽으로 넘어가 버렸기 때문이었다. 의식을 밖에서 다시 몸으로 가져오고 교호 호흡을 하면서 공연을 무사히 관람할 수 있었다.

단전은 어디 있을까?

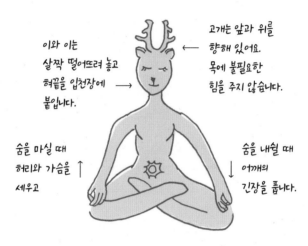

이와 이는
살짝 떨어뜨려 놓고
혀끝을 입천장에 →
붙입니다.

← 고개는 앞과 위를
향해 있어요.
목에 불필요한
힘을 주지 않습니다.

숨을 마실 때
허리와 가슴을 ↑
세우고

숨을 내쉴 때
↓ 어깨의
긴장을 풉니다.

① 배꼽을 의식한다.

② 항문을 의식한다.

③ 배꼽-항문을 잇는 선의 $\frac{1}{2}$ 지점을 의식한다.

이 책은 명상을 훈련하면서 겪은 다양한 삽질의 기록
정도로 생각해 주면 좋겠다. 명상에 관해서 쓰면 나도 한
번이라도 더 명상을 하게 되겠지, 생각하면서 썼다. 그동
안은 글만 썼는데 그림도 함께 그리게 되다니, 즐거운 마
음으로 그렸다.

개인적으로는 6장의 장비 이야기를 쓸 때 가장 즐거웠
다. 6장은 사실 요가에서 멀리하는 물욕을 부를 수 있다
고 생각해서 빼는 게 낫지 않을까 고민했는데 어딘가에
나 같은 사람이 있을 거라고 생각하면서 추가했다.

원래 나는 요가나 명상과는 거리가 먼 사람이었다. 이
것저것 가득히 알차게 채우는 것을 좋아하고 쉬는 것보

다는 노는 걸로 스트레스를 푸는 타입이었다. 다양한 취미 생활로 신을 내며 살았다. 아침에 눈을 뜨는 순간부터 뭔가를 하기 시작해서 잠들기 전까지 뭔가 했다. 월화수목금 매일 뭔가를 배웠다. 무리가 오기 시작한 건 재작년 즈음이다. 한참 놀고 나면 집에 와서 뻗어 잠이 들었는데 어느 순간부터 잠이 오지 않았다. 점점 더 빡세게 놀아야 잘 수 있었다. 놀면 분명 스트레스가 풀리지만 피곤함은 더해지는 게 사실이었다.

몸을 바꾸는 건 솔직히 되게 힘들었다. 뭐랄까. 출산해 보지는 않았지만, 임신을 하게 돼서 음식을 조절하고 무리하게 노는 것도 자제하고 말과 행동을 조심하며 태교를 하는 것과 비슷한 느낌이었다. 명상이 모든 것을 해결해 주는 요술 램프는 아니다. 명상을 하는 것은 일상생활을 잘하기 위해서다. 스트레스를 받으면서까지 태교를 하는 것이 아이에게 좋지 않듯이 명상도 자기에게 알맞게 적절한 방법을 찾아 가면서 하면 된다.

요가와 명상을 배우고 난 뒤에는 마음이 든든해졌다. 상담도 약도 필요 없고 전화를 걸어 마음을 쏟아 놓을 누군가를 급하게 필요로 하지도 않고 쇼핑해서 이것저것 지른 뒤에 카드값을 걱정하지 않아도 되었다. 격한 스포츠로 스트레스를 풀거나 술이나 담배로 마음을 달랠 필요도 없어졌다. 호흡을 가다듬는 것만으로도, 내면의 고요한 장소로 들어가는 것만으로도 그 효과를 누릴 수 있게 되었다.

나는 이 책에서 3분 명상을 제안했다. 양치질처럼 매일 하고, 또 정 귀찮은 날에는 악취와 텁텁함을 참으며 버티다가 겨우 칫솔을 붙드는 것처럼 하는 날도 있을 것이다. 그러다 보면 자기도 모르게 명상과 친해지고 익숙해진다. 집중하는 시간이 점차 길어져 3분을 넘어서고, 어떤 날에는 30분을 하고, 또 점점 집중도도 깊어질 것이다.

나는 처음부터 한 시간 명상에 도전했다. 명상과 도전이라는 말은 영 어울리지 않지만 그런 식으로라도 명상을 시작한 건 행운이었다. 한 시간에 도전했기 때문에 늘 내가 제대로 하지 못하고 있다거나, 짧게 밖에 하지 못한다는 생각을 갖게 되었다. 한 시간을 버텨야 한다는 생각 때문에 집중이 잘되지 않고 자꾸 궁금해졌다. 시간이 얼

이젠 제법
생각을 내려놓고
마음을 가라앉힐 수도
있게 되었다.

그런데 갑자기
너무 궁금해서
시계를 보고 말아.
내가 얼마나 오래
명상했을까?
그게 너무 궁금해서
더 못 참겠는 거야…
힛~

마나 흘렀지? 지금은 몇 분쯤 지났을까? 명상하는 시간은 점차 길어졌지만 궁금증에서 벗어나지 못하고 명상이 끝나면 시계부터 봤다. 명상이 잘될 리 없었다.

시간을 정해 두지 않고 잠깐씩 하는 명상은 그렇지 않았다. 분명 일상생활에 도움이 되었다. 요가 수업 전에 1분 정도 교호 호흡을 하는 것, 한 번이라도 물구나무서기를 하는 것, 30초라도 외발 서기를 연습하는 것은 하루의 균형을 잡아 주었다. 긴장할 일을 앞두고, 혹은 일상생활 중에 마음이 흐트러지고 화가 나려고 할 때 잠깐 가부좌를 틀고 앉아 호흡을 가라앉히면 괴로운 일도 화날 일도 없이 마음이 편안해졌다.

나는 축농증 때문에 늘 누런 콧물을 달고 살았다. 나이가 들면서 차차 나아졌지만 입으로 숨을 쉬다가 코로 숨을 쉴 수 있게 된 지는 얼마 되지 않았다. 코로 숨을 쉬는 것만으로도 정서가 달라지고 태도가 달라지고 삶이 달라진다.

나처럼 입으로 숨을 쉬던 사람들이 코로 숨을 쉬게 되

는 것, 코로 숨을 쉬는 사람들이 더 부드러운 호흡을 하게 되는 것, 부드러운 호흡을 하던 사람들이 그 평온을 주위와 나누게 되는 것, 그런 변화가 일어나기를 바라는 마음으로 글을 썼다.

나마스떼란 '당신 안에 있는 신에게 경배드립니다'라는 인도의 인사말이다. 두 손을 가슴 앞에 모으고 있는 것만으로도 마음이 조심스러워진다. 손과 발, 고개, 몸의 태도를 바꾸면 마음도 슬슬 태도를 달리하는 것처럼, 호흡이 달라지면 더 놀라운 변화가 일어난다.

책상 생활자의 요가

생각 많은 소설가의 생각 정리법

초판 1쇄 발행 • 2021년 1월 8일

지은이 • 최정화
펴낸이 • 강일우
편집 • 김현정
조판 • 이주니
펴낸곳 • (주)창비교육
등록 • 2014년 6월 20일 제2014-000183호
주소 • 04004 서울특별시 마포구 월드컵로12길 7
전화 • 1833-7247
팩스 • 영업 070-4838-4938 / 편집 02-6949-0953
홈페이지 • www.changbiedu.com
전자우편 • textbook@changbi.com

ⓒ 최정화 2021
ISBN 979-11-6570-044-7 03810